달달구리
달고나로
오세요

김미희 글 ★ 김미연 그림

차례

프롤로그 7

여섯 시를 없애 주세요 19

나도 뛰고 싶어요 31

어둠 괴물이 몰려와요 47

시 짓는 맷돌 ⸱⸱⸱⸱⸱⸱⸱⸱⸱⸱⸱⸱⸱⸱⸱⸱⸱⸱⸱⸱⸱⸱⸱⸱⸱⸱⸱⸱ 63

내 마음을 전해 줘 ⸱⸱⸱⸱⸱⸱⸱⸱⸱⸱⸱⸱⸱⸱ 77

에필로그 ⸱⸱⸱⸱⸱⸱⸱⸱⸱⸱⸱⸱⸱⸱⸱⸱⸱⸱⸱⸱⸱⸱⸱⸱⸱⸱⸱⸱⸱⸱⸱⸱⸱⸱⸱⸱ 88

작가의 말 ⸱⸱⸱⸱⸱⸱⸱⸱⸱⸱⸱⸱⸱⸱⸱⸱⸱⸱⸱⸱⸱⸱⸱⸱⸱⸱⸱⸱⸱⸱ 90

프롤로그

빠아앙~, 부우웅~.

도로 위는 여러 소리가 뒤섞여 시끄럽다. 비라도 내리면 더 소란스러워진다. 차 소리가 멀어지는 골목 끝에 용궁횟집이 있다. 아늑하면서도 날렵한 기와지붕 처마가 마치 이야기 속 으리으리한 용궁 같다. 용궁횟집 수족관에는 오팔 할아버지가 산다. 묵직하게 눈을 뜬 모습이 백만 년은 산 것처럼 보인다. 비 오는 날이면 용궁횟집 전화벨도 요란하다. 분명 또 예약 취소 전화다.

"용궁입니다. 예… 알겠습니다."

용궁횟집 주인은 전화를 받을 때마다 용궁이라 줄여 말한다. 그 순간, 수족관은 진짜 용궁처럼 변한다. 오팔 할아버지는 로켓처럼 슝, 헤엄치며 수족관을 한 바퀴 돈다. 주인은 전화를 끊고 혼잣말을 중얼거린다.

"반가운 비가 내리네…. 곧 달달구리, 구나 씨가 오겠네."

비 오는 날이면 용궁횟집 수족관 앞에 달달구리, 구나 씨가 나타난다. 달고나를 만드는 재료가 가득 든 가방을 어깨에 메고, 커다란 우산을 쓰고서.

오팔 할아버지의 귀에는 구나 씨의 발소리가 노래처럼 들린다.

달달고나구나
달달달고나고나구나

"으이차!"
구나 씨는 용궁횟집 수족관 앞에 가방을 내려놓는다.

"잘 지내셨어요?"

구나 씨가 다정하게 인사하자, 오팔 할아버지는 팔이란 팔을 모두 펴서 수족관 유리 벽에 쩌억, 쩌어쩍 붙였다. 다섯 팔을 활짝 벌려 구나 씨를 환영하는 거다.

'물론이고말고.'

오팔 할아버지의 말은 구나 씨에게만 들린다. 구나 씨는 커다란 네모 가방에서 의자를 꺼내고 휴대용 가스레인지를 꺼냈다. 이어서 설탕 통, 소다 통, 달고나 국자, 모양 틀, 은쟁반까지 차례차례 꺼내 손이 닿는 곳에 나란히 놓았다.

이곳에서 오른쪽으로 모퉁이를 두 번 돌면 달달초등학

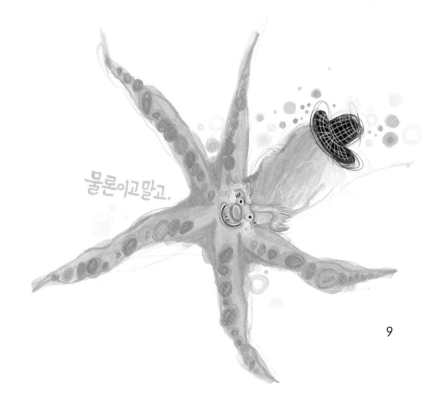

물론이고말고.

교가 있다. 어른 걸음으로도 오 분은 족히 걸리는 거리다. 어른들이 달고나를 뽑으러 올 리 없으니, 아이들이 이곳까지 올까 싶은 곳이다. 게다가 비 오는 날이면 어른들이 와서 아이들을 쏙쏙 차에 태워 데려가 버린다. 그런데도 구나 씨는 왜, 달고나가 잘 팔리지 않을 것 같은 이곳에, 그것도 비 오고 천둥번개까지 치는 날에 나타나는 걸까? 그건 바로 오팔 할아버지의 특별한 능력이 비 오는 날에만 살아나기 때문이다. 구나 씨는 엉덩이를 살포시 얹을 의자를 펴고 앉았다.

"자, 시작해볼까?"

구나 씨는 가스레인지를 켜고 달고나 국자를 달궜다.

설탕 두 숟가락을 넣고 보글보글, 나무젓가락으로 저어 휘이이이, 불에서 멀리 또 가까이, 딱 맛있는 달고나 온도! 소다를 살짝 넣고 재빠르게 휘이이이, 다시 소다 조금 더 휘이이이, 불에서 떨어져서 휘이이이, 보글보글 부글부글 똥색으로 변하면, 설탕이 눈가루처럼 뿌려진 은쟁반에 똥색 반죽을 철퍼덕 붓고, 납작하게 딱!

무엇을 뽑을까? 구나 씨는 곰 모양 틀을 꺼냈다. 구나 씨가 바늘을 들고 스으윽 대기만 하면 곰 모양 달고나가 뽕! 하고 나온다.

달달달 구리구리구리 달달구리, 달싸구리 달고나 완성!

구나 씨를 지켜보던 오팔 할아버지는 팔을 척척 내밀어 문어 박수로 칭찬한다.

우산을 만들자. 하나 둘 셋, 세 개.
별을 만들자. 하나 둘 셋, 세 개.
세모도 하나 둘 셋, 네모도 하나 둘 셋.

구나 씨는 모양을 세 개씩 만들어 늘어놓는다. 손님들이 달고나를 뽑고 싶은 마음이 들도록.
그러고는 돌돌 말린 안내판을 펼쳐 수족관 한 편에 척 붙인다. 달고나 뽑는 방법을 적은 것이다.

"달고나 주세요."

한 녀석이 다가와 우산을 기와지붕 처마 쪽으로 기울여 빗물을 쏟아내더니, 다짜고짜 달고나를 뽑겠다고 한다. 달고나 주문 암호도 외우지 않은 걸 보면 고민 따위는 없는 녀석인 것 같다.

"동그라미로 할래."

예의도 없이 반말이다.

구나 씨는 말없이 달고나를 만들기 시작했다. 빠른 손놀림으로 젓고 젓고 또 저어 똥색 달고나 반죽을 설탕 쟁반에 철퍼덕 부었다.

"자, 뽑아 보세요."

구나 씨는 녀석이 가리킨 동그라미 틀로 꾹 누르고 바늘과 함께 내밀었다. 하지만 얼마 못 가 녀석이 만든 동그라미는 팍삭 부서지고 말았다.

"에잇, 다시 할래요!"

"안 됩니다. 누구나 딱 한 번만 할 수 있어요."

구나 씨가 단호하게 말했다. 딱 봐도 달고나를 잘 뽑을 녀석은 아니었다.

"그런 게 어딨어요? 뽑고 싶은 사람 맘이지."

녀석은 다시는 안 온다며 부서진 동그라미를 내동댕이
치고 갔다.

'저런 저런, 성격이 무척 급한 아이로군. 주의 사항도
읽지 않고!'

오팔 할아버지가 혀를 끌끌 차며 말했다.

"그러게요. 이렇게 큼지막하게 써 놨는데 말이지요."

구나 씨도 고개를 끄덕였다.

달달구리 달고나

1. 암호를 말한다.
   암호 : 달달달 구리구리구리 달달구리, 달고나 맞나요?

2. 달고나에 찍을 모양을 잘 고른 다음, 부서지지 않게
   조심조심 뽑는다.

3. 달고나 뽑기에 성공하면 구나 씨에게 고민을 말한다.

4. 달고나를 상자에 넣으면 오팔 할아버지가 상자에
   글씨를 새겨 준다.

5. 달고나를 먹으면 시 처방이 마음으로 흘러 들어오면서
   고민이 말끔히 해결된다.

고민 해결 방법

- 주의 사항 -

● 달달구리 달고나 가게는 비 오는 날에만 문을 연다.

● 달고나는 한 사람당, 딱 한 번만 뽑을 수 있다.

● 암호를 대지 않으면 달고나 뽑기를 성공할 수 없다.

● 달고나를 상자에 넣지 않고 바로 먹으면
  글씨와 시 처방을 받을 수 없어서 고민이 해결되지 않는다.

여섯 시를 없애 주세요

"여기가 달달달 구리구리구리 달달구리, 달고나 맞나요?"

여자아이가 다가와 작은 목소리로 물었다. 우산 손잡이에는 '3-7 강다솜'이라고 적혀 있었다.

"달달구리 하지 않으면 달고나가 아니지요."

구나 씨가 싱긋 웃으며 다솜이를 반겼다.

"여기 달고나를 먹으면 정말 고민이 해결되나요?"

다솜이는 다소곳이 우산을 접고 물었다.

"그거야 고객님 하기 나름이지요."

구나 씨가 작은 의자를 내주며 '하기 나름'에 힘을 주어 말했다. 다솜이는 달고나를 잘 뽑을 것처럼 보였다.

"자, 달고나에게 물어볼까요?"

구나 씨는 달고나 국자를 뜨겁게 달궜다.

설탕 두 숟가락을 넣고 보글보글, 나무젓가락으로 저어 휘이이이, 불에서 멀리 또 가까이, 딱 맛있는 달고나 온도! 소다를 살짝 넣고 재빠르게 휘이이이, 다시 소다 조금 더 휘이이이, 불에서 떨어져서 휘이이이, 보글보글 부글부글 똥색으로 변하면,

설탕이 눈가루처럼 뿌려진 은쟁반에 똥색 반죽을 철퍼덕!

"무엇을 뽑으시겠습니까, 고객님?"

다솜이는 어떤 모양 틀을 고를지 속으로 고민했다.

'세모를 할까? 아냐 아냐, 동그라미가 쉬울 것 같아. 아
니야, 쉬워 보이는 게 더 어려울지 몰라.'

망설이는 다솜이를 보며 구나 씨는 수족관을 힐끗 봤
다. 오팔 할아버지가 몸을 동그랗게 말고 있었다.

"결정을 서둘러야 해요. 달고나가 굳어 버리면 곤란하
니까요."

구나 씨가 살짝 재촉했다.

"이걸로 할게요!"

다솜이도 수족관을 보았다. 수족관에는 몸을 동그랗게 만 문어가 있었다.

"알겠습니다, 고객님!"

구나 씨는 동그라미 틀을 꾸욱 눌러 다솜이 앞에 내밀었다.

다솜이가 바늘로 톡톡톡톡 살살 두드리며 깨트리자, 두두둥! 동그란 동그라미가, 다솜이 얼굴처럼 동그랗고 동글동글한 동그라미가 나타났다.

다솜이의 고민

"상자에 넣어 주시는 거죠?"

다솜이는 말끔하게 뽑은 동그라미 달고나를 구나 씨에게 건넸다. 달고나 주의 사항을 자세히 읽은 것 같았다. 여기서 바로 먹으면 안 되고, 상자에 넣어야 효과가 있다는 걸 말이다.

"그럼요. 고객님, 고민이 무엇인가요?"

구나 씨가 은쟁반 위의 설탕을 고르게 펴면서 물었다.

"저는 저녁 여섯 시가 싫어요. 시계에서 6이 없어졌으면 좋겠어요. 이렇게 비 오는 날의 여섯 시는 더 싫어요."

"비 오는 날이 싫군요, 여섯 시는 더 싫고."

구나 씨가 고개를 끄덕끄덕.

"저는 늘 혼자 남아요. 비 오는 날이면 다른 아이들은 어른들이 데리러 오는데, 저는 아무도 안 와요. 올 사람이 없거든요. 엄마는 일하러 가서 늦게 와요. 아빠는 없고 할머니는 멀리 사시고요."

"저런, 혼자여서 많이 외롭겠어요."

구나 씨는 다솜이처럼 슬픈 표정을 지었다.

"엄마가 아침에 일기 예보를 보고 우산을 챙겨 줬어요. 데리러 못 오니까요."

다솜이는 떨어지는 빗방울을 세는 듯한 얼굴이었다.

"그런데 왜 여섯 시가 싫어요?"

구나 씨는 여섯 시가 퇴근 시간이라 좋은데, 다솜이는 왜 그럴까 궁금했다.

"모두 가고 저만 혼자 남으니까요."

다솜이는 손에 빗방울을 모으며 말했다.
작은 우물이 손바닥 위에 생겼다.

"어디에서요?"

구나 씨가 물었다. 다솜이 얼굴에는
먹구름이 몰려와 있었다.

"놀이터요. 여섯 시만 되면 같이 놀던

아이들이 다 가 버려요. 학원 가고, 밥 먹으러 가고, 다들 어딘가로 가요. 저는 갈 곳이 집밖에 없어요. 그런데 집에는 들어가기 싫어요. 아무도 없거든요. 일찍 어두워지는 날은 더 싫어요. 놀이터에 마지막으로 남기 싫어서 다른 애들이 가기 전에 골목에 숨어요. 골목을 맴돌다가 애들이 다 떠나면 집으로 가요. 엄마는 그 후에도 두세 시간이나 더 있어야 와요. 제가 잠들고 나서 올 때도 많아요."

다솜이 눈에 눈물이 그렁그렁 맺혔다.

"그랬군요, 혼자 남으면 정말 속상하겠어요."

구나 씨는 호주머니에서 손수건을 꺼내 다솜이 손에 올려 주었다.

"필요하면 써도 돼요."

구나 씨는 수족관 속 오팔 할아버지를 보았다. 금방이라도 로켓처럼 헤엄칠 자세다. 구나 씨는 상자에 달고나를 넣었다. 오팔 할아버지가 먹물을 한 방울 찌익, 뿜고 앞으로 슝, 로켓 헤엄을 쳤다. 그러자 달고나 상자에 하나씩 글자가 나타났다.

외로움을 이기는 동그라미

달고나 상자가 다솜이
앞에 놓였다.

"이 달고나를 먹으면 정말
외로움을 이길 수 있어요?"

다솜이는 믿기지 않는다는 듯 물었다.

"그건 고객님 하기 나름이지요."

구나 씨는 오팔 할아버지와 찡긋 웃음을
주고받았다.

"안녕히 계세요."

다솜이가 달고나 상자를 받아 들고 인사했다.
구나 씨는 다솜이의 우산을 펴서 왼손에 쥐어 주었다.

집으로 가는 길에 다솜이는 상자를 열어 달고나를 한
입 쪼옥 빨았다. 비가 와서 놀이터에 갈 수 없으니까, 집
에 더 일찍 가야 하니까, 외로움이 몰려오고 있었으니까.

한 입, 두 입 쪼옥, 쪼옥 빨다가 달콤함을 참을 수 없어

와그작, 와그작. 다솜이는 부스러기 하나 남기지 않고 달고나를 먹었다. 그때였다.

"포포!"

여섯 시가 되면 아이들을 피해 골목을 돌 때마다 마주쳤던 아기 고양이, 포포가 다솜이 품으로 쏙 뛰어들어 안겼다.

"다 젖었잖아. 비 오는데 왜 여기 있어? 설마 나 기다린 거야? 어서 집에 가서 말리자."

포포가 꼬리를 살랑이자, 다솜이는 달고나 상자에 포포를 넣고 서둘러 집으로 갔다. 비가 내리면 집이 더 어둡게 느껴졌는데, 포포와 함께 있으니 전혀 어둡지 않았다. 포포는 신기한지 집 안 이곳저곳을 왔다 갔다 했다. 다솜이는 포포를 잡으려고 덩달아 뛰어다녔다. 어느새 여섯 시가 지나가고 있었다.

커지는 동그라미

여섯 시만 되면

동그라미 안에 나만 남은 것 같아.

동그라미는 차츰 작아지고

나도 점점 작아져.

작아지고, 작아져서

사라져 버릴 것만 같았어.

어느 날, 포포가 내게 왔어.

내 동그라미 안으로 들어왔어.

밥 먹는 포포

잠자는 포포

꾹꾹이 하는 포포

놀아 달라는 포포

아파하는 포포

언제나 나를 기다리는 포포.

포포가 온 뒤로
동그라미는 차츰 넓어져
큰 원이 되었어.
동그라미는 계속 커져만 가.

난 더 이상 작지 않아
계속 자라고 있어.
온 세상을 비추는 해와 달처럼
더 크고 환한 동그라미가 될 거야.

나도 뛰고 싶어요

"여기가 달달달 구리구리구리 달달구리, 달고나 맞나요?"

휠체어를 탄 아이가 구나 씨 앞에 섰다. 구나 씨는 오팔 할아버지에게 옛날 옛적 바다에서 살던 시절 이야기를 듣다가, 재빨리 손님을 맞았다.

"달달구리 하지 않으면 달고나가 아니지요."

구나 씨가 손뼉을 치며 반겼다.

"달고나를 잘 뽑으면 무슨 고민이든 해결되나요?"

아이는 기운 없는 목소리로 물었다. 자기 고민은 절대 해결되지 않을 것 같은 표정이었다.

"우선 이 안으로 들어오세요."

구나 씨는 휠체어를 처마 아래로 끌어당겼다.

"달고나를 잘 뽑는 것도 중요하지만, 결국엔 고객님 하기 나름이에요. 그런데 이름이?"

"아, 저는 세경이에요. 전세경."

구나 씨는 세경이의 이름을 작은 소리로 따라하며 고개를 끄덕였다.

"그럼, 이제 달고나에게 물어볼까요?"

구나 씨는 달고나 국자를 뜨겁게 달궜다.

설탕 두 숟가락을 넣고 보글보글, 나무젓가락으로 저어 휘이이이, 불에서 멀리 또 가까이, 딱 맛있는 달고나 온도! 소다를 살짝 넣고 재빠르게 휘이이이, 다시 소다 조금 더 휘이이이, 불에서 떨어져서 휘이이이, 보글보글 부글부글 똥색으로 변하면, 설탕이 눈가루처럼 뿌려진 은쟁반에 똥색 반죽이 납작!

"무엇을 뽑으시겠습니까, 고객님?"

세경이는 망설이다 세모를 골랐다. 수족관을 힐끔 보니, 문어가 팔 세 개로 세모를 만드는 것 같았다. 세경이의 눈썰미는 보통이 아니다.

살살살 사알살 사알짝,
세경이의 섬세한 손길로
반듯한 세모 달고나가
모습을 드러냈다.
"이제 제 고민을
말해도 될까요?"

세경이의 고민

"저는 운동이 좋아요. 잘했었고요.
그중에서도 농구가 좋았어요. 농구는
비 오는 날에도 얼마든지 할 수 있잖아요. 다섯
살 때부터 산 어린이 농구대가 스무 개도 넘어요. 덩크
슛을 하다가 자꾸 부러뜨렸거든요. 농구 선수가 되는 게
제 꿈이었어요. 그런데 몇 달 전에 큰 사고가 났어요. 교
통사고요. 그 이후로 더는 걸을 수 없게 됐어요."

4학년인 세경이는 목이 메어 고개를 푹 숙였다. 구나
씨는 안쓰러운 얼굴로 세경이의 팔을 토닥였다.

"휠체어로 혼자 다닐 수 있게 된 것도 얼마 되지 않아
요. 그동안 곧 있을 경기에 나가려고 정말 열심히 연습했
는데…. 그 생각만 하면 가슴이 답답해져 숨도 제대로 못
쉬겠어요. 다시 농구를 할 수 있다면…. 딱 한 번만이라
도 경기에서 뛸 수 있으면 좋겠어요."

말을 마친 세경이는 눈물을 뚝뚝 흘렸다. 구나 씨는 엊
그제 다솜이가 빨아서 돌려준 손수건을 세경이에게 내

밀었다. 오팔 할아버지는 수족관 안에서 우뚝 멈춰 섰다. 어떤 처방을 내려야 할지 막막했다.

'이건 너무 어려워. 내가 마법을 부릴 수 있다면 좋을 텐데, 그러면 세경이에게 다시 일어설 기적을 줄 텐데, 달릴 수 있도록 해 줄 텐데….'

구나 씨도 속으로 깊은 한숨을 쉬었다. 지금껏 오팔 할아버지와 해결하지 못한 고민은 없었다. 하지만 이번엔 너무 어렵다. 어떻게 해야 할까?

'세경이가 다시 농구를 할 수 있는 방법? 어떡해요? 어떡하죠?'

구나 씨는 오팔 할아버지를 보며 마음속으로 물었다.

'그러게 말일세. 우리 달달구리 달고나 가게가 문을 닫아야 할지도 모르겠구먼.'

오팔 할아버지는 한자리에서 몸을 웅크리고 깊은 생각에 빠진 듯 꼼짝도 하지 않았다.

"안 되죠? 그렇죠? 괜찮아요. 저도 뭐 기대한 건 아니에요. 아이들이 여기서 달고나를 잘 뽑으면 고민이 해결된다고 했지만, 사실 저는 믿지 않았어요. 이 달고나는 잘 먹을게요. 그럼 안녕히 계세요."

세경이는 전동 휠체어 조이 스틱에 한 손을 얹고, 다른 손으로 달고나를 집었다.

"자, 잠깐! 그 달고나 지금 먹으면 절대 안 돼요. 상자에 넣어야 효력이 생기니 조금만 기다려 줘요."

구나 씨가 세경이를 붙잡았다.

"그런데 해결 방법이 있는 것도 아니잖아요."

세경이는 세모 달고나를 내려놓으며 말했다.

"고객님이 이렇게 가 버리면 우리 달고나 가게가 문을 닫아야 할지도 몰라요. 조금만 기다려 봐요. 지난 2년 동안 우리가 해결 못 한 고민은 없었으니까 반드시 해결책을 알려줄 거예요."

구나 씨는 자신 있게 말하며 오팔 할아버지를 쳐다봤다. 할아버지의 지혜라면 꼭 해낼 거라 믿었다.

'그렇게 보지 말게. 부담스럽단 말일세!'

오팔 할아버지는 구나 씨에게 눈을 흘겼다. 그렇지만 할아버지가 얼마나 머리를 쥐어짜고 있는지 구나 씨에게는 다 읽혔다.

어느새 비가 찾아들었다. 구나 씨도, 오팔 할아버지도 조용하다. 침묵이 길게 이어지자 세경이가 조심스레 입을 열었다.

"죄송해요. 제가 너무 어려운 부탁을 했죠? 다음에 또 올게요."

세경이는 풀이 잔뜩 죽은 채 돌아섰다.

"잠깐만요, 그렇게 가 버리면 안 된다니까."

구나 씨가 황급히 휠체어 바퀴를 붙잡았다.

'얼른, 어떻게 좀 해 봐요.'

구나 씨는 오팔 할아버지를 재촉했다. 평소에는 하지 않던 행동이었다. 비는 내리고 시간은 달리고 있었다.

'됐어! 방법이 떠올랐네. 빨리 달고나를 상자에 넣어 보게.'

마침내 오팔 할아버지가 구나 씨에게 말했다.

"역시! 해결책을 찾으셨군요."

구나 씨는 너무 기뻐 자신도 모르게 오팔 할아버지에게 하는 말을 소리 내고 말았다.

"정말요? 정말 제가 다시 뛸 수 있어요?"

세경이가 깡총 묶은 머리를 흔들며 기대에 차 물었다.

구나 씨는 고개를 크게 끄덕이고
엉덩이를 실룩실룩 흔들었다.

역시 오팔 할아버지는 천재라니까. 구나 씨는 할아버지의 해결책이 너무 궁금했다.

구나 씨는 달고나를 재빠르게 상자에 넣었다. 오팔 할아버지는 먹물을 한 방울 찌익, 뿜고 앞으로 슝, 로켓 헤엄을 쳤다. 그러자 상자에 한 글자씩 점점이 글자가 드러났다. 세경이와 구나 씨는 상자에 나타나는 글자를 소리 내어 읽었다.

"포기하지 않게 되는 세모!"

포기하지 않게 되는 세모

"이 세모 달고나가 포기하지 않게 해 준다고요? 포기하지 않으면 뭐 해요? 방법이 없는데요."

세경이는 답답한 듯 한숨을 쉬었다. 사고 후 병원에서 수없이 들었던 말이기 때문이다.

'너무 오래 기다렸어요. 시 처방을 서두르시죠.'

구나 씨는 오팔 할아버지를 바라보며 속으로 말했다.

"고객님, 달달구리 시 처방을 한번 믿어 보시죠."

구나 씨가 자신 있게 말했다.

"시를 읽으면 제가 다시 농구를 할 수 있어요?"

세경이의 물음에 구나 씨는 말없이 고개를 끄덕였다.

세경이는 여전히 믿기지 않았지만, 밑져야 본전이라 생각하고 달고나 상자를 받았다.

집으로 돌아온 세경이가 달고나를 오도독 씹어 삼키는 순간, 전화벨이 울렸다. 코치 선생님이었다. 세경이에게 내일 농구화를 신고 체육관에 오라는 것이 아닌가.

"선생님, 저 사고 난 거 잊으신 건 아니죠?"

세경이가 조심스럽게 물었다.

"전세경! 네가 우리 학교 최고의 슈터라는 것도 안 잊었지, 인마."

다음 날, 세경이는 아빠가 사다 준 새 농구화를 신고 체육관으로 갔다. 6개월 만이었다.

체육관에서는 옆 학교인 구리초등학교와 경기가 진행 중이었다. 경기가 시작된 지 5분쯤 되었을 때, 기주가 상대 팀 선수에게 파울을 당했다. 코치 선생님은 세경이의 휠체어를 밀고 경기장으로 들어갔다. 세경이는 기주를 대신해 자유투 라인에 섰다.

심판이 호루라기를 불자, 체육관은 숨소리 하나 들리지 않았다. 체육관에 있는 모든 사람의 시선이 세경이를 향했다. 세경이는 너무 떨려 심장이 터질 것만 같았다.

"후!"

세경이는 참았던 숨을 깊이 내쉬고 슛을 날렸다.

'팅!'

공이 골대를 맞고 튕겨 나왔다.

여기저기서 응원이 터져 나왔다.

"전세경 파이팅!"

두 번째 공이 포물선을 그리며 멋지게 날아갔다. 골대 그물망이 찰랑이며 춤을 췄다. 완벽한 골인이었다.

관중석에 있던 모든 아이들이 벌떡 일어나 환호성을 질렀다. 상대 팀 선수들도 기뻐하며 박수를 보냈다. 세경이의 슛 앞에서 모두가 한 팀이었다. 시 처방은 적중했다.

세경이의 트라이앵글

막막한 세모, 꽉 막힌 세모
노래가 되고 싶었어
작은 틈을 내기로 했지.
음악이 드나드는 문을 내었어
비트와 만나 노래가 되었지.

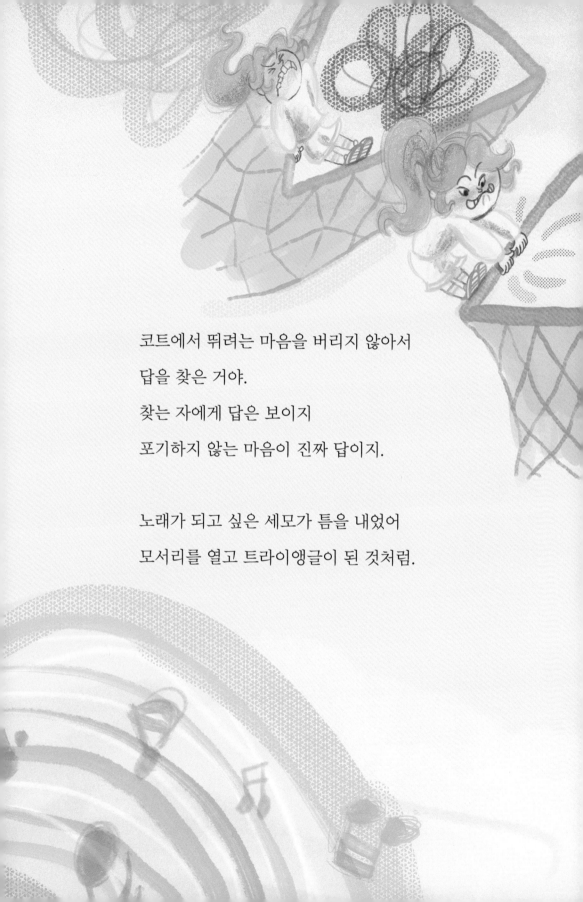

코트에서 뛰려는 마음을 버리지 않아서
답을 찾은 거야.
찾는 자에게 답은 보이지
포기하지 않는 마음이 진짜 답이지.

노래가 되고 싶은 세모가 틈을 내었어
모서리를 열고 트라이앵글이 된 것처럼.

어둠 괴물이 몰려와요

"어쩐지 오늘은 손님이 더 없는 것 같지 않아요?"

구나 씨가 곰 모양 달고나를 수족관에 넣으며 물었다.

'번개가 많이 쳐서 그런가?'

오팔 할아버지도 궁금해하며 돌고래가 먹이를 낚아채 듯 곰을 받아먹는다. 할아버지도 달고나를 좋아한다.

"으음, 맛있어. 설탕과 소다의 조화가 완벽해."

오팔 할아버지는 곰 달고나를 오그작, 오물오물 씹으 며 구나 씨의 솜씨를 칭찬했다.

"번개가 치니까요."

구나 씨는 칭찬을 받을 때마다 달고나가 맛난 건 늘 무 엇 덕분이라고 말한다. 어떤 날에는 화요일이니까, 또 다 른 날에는 장미가 응원해 주니까. 구나 씨는 맛있는 달고 나를 만들고도 잘난 체하는 법이 없다.

"어서 오세요!"

드디어 손님이 왔다. 아줌마다.

"여기가 아는 아이들만 안다는, 그 달달달 구리구리구 리 달달구리, 달고나 맞나요?"

어른이 달고나를 뽑으러 오다니! 게다가 어떻게 알았

는지 달고나 암호까지 정확하다. 소문을 듣고 온 게 분명
했다. 오팔 할아버지는 아줌마의 차림새를 요리조리 살
폈다. 부스스한 머리와 푸석한 피부, 딱 봐도 잠을 못 잔
얼굴이다.

"달달구리 하지 않으면 달고나가 아니지요."

구나 씨는 정해진 답을 하고 가스레인지를 켰다.

"여기 달고나를 먹으면 고민이 날아간다면서요? 로켓
처럼 슝."

아줌마가 눈을 빛내며 말했다. 잔뜩 기대하는 눈치다.

"그거야, 고객님 하기 나름이지요."

구나 씨는 담담히 대꾸했다. 비 오는 날 찾아온 어른이
라니, 웬만해선 어른들이 달고나를 뽑으러 오지 않는다.
불량 간식이라고 욕하지 않으면 다행이다. 하지만 그건
어디까지나 구나 씨의 달고나를 모를 때 얘기다. 하긴,
어른들은 뭐든지 막무가내로 우기기 선수다. 애들이 무
슨 고민이 있어? 해 주는 밥 먹으면 되고, 사 주는 옷 입
으면 되고, 신나게 놀기나 하면 되고, 뼈 빠지게 일하며
돈 벌지 않아도 되고, 그저 공부나 하면 되고…. 되고가

끝도 없다. 참 쉬워 보인다.

아이들도 할 말이 없진 않다. 어른들은 좋겠다. 시험
안 봐도 되고, 자고 싶을 때 자면 되고, 공부 안 해도 되
고, 사고 싶은 건 사면 되고, 가고 싶은 곳은 맘대로 가면
되고…. 되고가 참 많다. 세상 참 쉬워 보인다.

"소문과 다르네요. 달고나를 잘 뽑으면 무조건 고민을
해결해 준다고 들었는데?"

아줌마는 따지듯 물었다.

"고민이 해결될지 말지, 달고나에게 물어봅시다."

구나 씨는 달고나 국자를 뜨겁게 달궜다.

설탕 두 숟가락을 넣고 보글보글, 나무젓가락으로 저어 휘이
이이, 불에서 멀리 또 가까이, 딱 맛있는 달고나 온도! 소다를
살짝 넣고 재빠르게 휘이이이, 다시 소다 조금 더 휘이이이, 불
에서 떨어져서 휘이이이, 보글보글 부글부글 똥색으로 변하면,
설탕이 눈가루처럼 뿌려진 은쟁반에 똥색 반죽을 철퍼덕!

"자, 무엇을 고르시겠어요?"

구나 씨가 나란히 놓인 달고나 모양 틀을 가리켰다.

"으음, 뭐가 제일 잘 뽑혀요?"

"그것도 고객님 하기 나름이지요."

구나 씨는 '나름'이라는 말에 힘주어 대답했다. 구나 씨가 오팔 할아버지를 슬쩍 보니, 수족관 유리 벽에 별을 그리고 있었다. 할아버지의 팔은 멋진 붓이다. 그림도 그리고 먹물을 뿜어 시도 쓰는 신비로운 붓, 뭐든 할 수 있는 마법 같은 붓.

구나 씨는 아줌마가 별을 뽑기를 바랐다. 오팔 할아버지가 별을 그린 걸 보면 별에 해결책이 있다는 거니까. 하지만 말해 줄 순 없다. '고객님 하기 나름'이라는 원칙 때문이다.

"비가 오니까 우산이 좋겠네요."

아줌마는 우산 모양의 틀을 집었다.

"정말 우산을 고르실 거예요? 우산은 이미 있잖아요."

구나 씨는 아줌마가 쓰고 온 빨간 우산을 손짓했다.

"아, 그렇군요. 또 있을 필요는 없지요. 그럼 세모? 아니, 아니요. 동그라미가 좋겠어요. 뭐든 오케이를 뜻하니까요."

아줌마는 우산을 내려놓고 세모를 집었다가 다시 내려놓은 뒤, 동그라미를 집었다.

"동그라미는 '0'이기도 하죠. 아무것도 아니라는 의미로요."

구나 씨가 동그라미에 대해 다른 해석을 내놓았다.

"그래요? 그럼 안 되죠. 해결책이 있어야 하니까요. 음, 결정했어요. 별로 할게요."

아줌마는 마침내 별로 정했다.

'오예!'

오팔 할아버지는 로켓 자세로 헤엄칠 준비를 했다. 물론 그 환호성은 구나 씨만 들을 수 있다.

"좋습니다. 그럼 별을 찍어 드릴게요."

구나 씨는 별 모양 틀을 달고나에 꾸욱, 또 한 번 꾸욱 눌러서 아줌마 앞에 내놓았다.

"자, 뽑아 보세요. 성공하길 빕니다."

아줌마는 바늘을 들고 은쟁반에 놓인 달고나를 조심스럽게 뽑기 시작했다. 고개를 오른쪽으로, 왼쪽으로 기울

이며 혀까지 따라 내밀고 톡톡톡, 별 모서리를 따라 사각
사각 뽑아 냈다.

'됐구나!'

오팔 할아버지가 기뻐서 외쳤다.

"어머, 보세요! 제가 해냈어요!"

귀퉁이까지 흠집 없이 깔끔한 별이었다. 아줌마는 믿
기지 않는 듯 일어서서 폴짝폴짝 뛰었다.

"어어, 조심하세요. 떨어뜨리면 어쩌려고요. 축하드립
니다. 이제 고민을 들려주시겠어요?"

아줌마의 고민

"우리 퉁이가 통 잠을 안 자요. 학교에 가야 하는데 밤 늦도록 잠을 안 자요. 올해 1학년이 되었거든요. 그러니 학교에서 얼마나 피곤하고 졸리겠어요. 비실비실, 친구들이랑 마음껏 놀지도 못할 거 아니에요? 그 모습을 떠올리기만 해도 마음이 너무 아파요."

아줌마의 퀭한 눈이 그 마음을 말해 주고 있었다.

"퉁이가 1학년이구나. 잠을 잘 안 자는구나."

구나, 구나. 구나 씨 특유의 말버릇이 나왔다.

"퉁이는 자는 게 무섭대요. 눈을 감았다 뜨면 엄마, 아빠는 잡혀가고 혼자만 남을 것 같다나요. 그럴 일 없다고 아무리 말해도 믿질 않아요. 자고 있을 때 누가 잡아가면 어떡하냐고 울먹이기까지 한다니까요."

아줌마는 그런 걸 걱정하는 게 말이 돼요? 하고 묻는 듯한 눈빛이었다.

"그렇구나. 퉁이는 밤이 무섭구나."

구나 씨가 고개를 끄덕였다.

"힘센 우리가 이렇게 널 지키고 있다고 불룩한 팔 근육을 보여 주며 말해도 믿지 않고 뭐라고 하는지 아세요?"

"뭐라는데요?"

구나 씨는 빗소리에 아줌마의 이야기를 놓칠까 봐 귀를 쫑긋 세웠다.

"내가 자면 엄마, 아빠는 텔레비전 보고 영화 보려고 그러지? 하면서 화를 내기도 해요. 우리도 바로 불 끄고 잘 거라 해도 안 믿어요."

아줌마는 한숨을 포옥 내쉬었다.

"그렇군요."

구나 씨는 고개를 끄덕였다.

"누굴 닮아서 그런지 모르겠어요. 저는 베개에 머리만 대면 바로 곯아떨어지거든요."

아줌마는 새어 나오는 하품을 참으며 말했다.

"그렇군요. 엄마는 잘 자는군요."

구나 씨는 고개를 또 끄덕끄덕.

"제 고민 해결해 주는 거 맞죠?"

아줌마가 걱정스러운 눈으로 거듭 확인했다.

"고객님이 들고 계시잖아요, 별 달고나. 이 별을 퉁이에게 먹이면 걱정 없이 잘 잘 거예요. 만약 고객님이 드시면, 안 그래도 잘 주무시는데 더 푹 주무시겠죠. 드시고 싶어도 참고 꼭 퉁이에게 주세요."

구나 씨는 별 달고나를 넣을 상자를 꺼내고 오팔 할아버지와 눈짓을 찡긋 주고받았다. 할아버지는 다시 로켓 헤엄 자세를 잡았다. 먹물 한 방울을 찌익, 뿜고 앞으로 슝, 헤엄을 치자 상자에 글자가 하나씩 나타났다.

아줌마는 상자를 보고 깜짝 놀랐다.

어둠 괴물을 물리치는 별

"어머, 어떻게 아셨어요? 우리 퉁이는 밤에 불을 못 끄게 해요. 어둠 괴물이 몰려온다고요!"

아줌마는 구나 씨가 어떻게 이렇게 잘 아는지 마법을 부리는 게 아닌가 하고 생각했다.

"고객님 말씀을 들어 보니 알겠던데요, 뭘."

구나 씨가 담담하게 대답했다.

"그래요? 그럼 달고나 하나 더 뽑아서 저도 고민을 말할래요."

"그건 안 돼요. 한 사람당 하나, 누구든 딱 한 번만 할 수 있어요."

구나 씨가 절레절레 고개를 저으며 말했다.

"돈 드릴게요. 많이요."

아줌마는 허둥지둥 지갑을 열었다.

"그래도 안 돼요. 규칙이에요."

구나 씨의 말에 아줌마는 입술을 삐죽 내밀었다.

"그래요? 뭐, 규칙이라면 지켜야죠."

"안녕히 가세요, 고객님."

구나 씨가 아줌마의 우산을 펼쳐
주며 인사했다. 아줌마는 미소를
짓고 빗속으로 사라져 갔다.
오팔 할아버지와 구나 씨는
마주 보며 눈을 찡긋했다.

"오늘 장사 잘했네요."

"정말 엄마가 달고나를
뽑았다고요?"

퉁이가 놀란 얼굴로 달고나를
받았다. 오도독, 오도독,
퉁이 입안에서 바삭바삭한
소리가 났다. 달콤함이 퍼지자
퉁이 마음속에 시 한 편이
흘렀다.

어둠 괴물을
물리치는 별

하늘 별, 퉁이 별

별은 아이들 눈에 살아

아이들 눈이 반짝이는 이유지.

별은 아이들 수만큼 많아.

낮에는 아이들 눈에 들었다가

밤이 되면 하늘로 돌아가

낮엔 퉁이 눈에, 밤엔 하늘 위에.

퉁이가 잠들지 않으면

퉁이 눈에 들었던 별은

밤이 되어도 하늘로 못 가서 못 놀아.

낮에는 퉁이 눈에 살다가

밤이 되면 하늘 별이 되고

아침이 오면 다시 퉁이 눈에 들고.

이제 밤이야, 퉁이 별아.

하늘에서 잘 놀다 와.

퉁이는 눈을 감고

하늘로 퉁이 별을 보냈어.

퉁이는 퉁이 별이

하늘에서 신나게 노는 꿈을 꾸었지.

시 짓는 맷돌

"여보세요, 용궁입니다. 예… 알겠습니다."

용궁횟집 주인이 용궁이라고 말하는 순간, 수족관은 진짜 용궁처럼 변한다. 전화를 끊은 주인이 혼잣말을 중얼거린다.

"반가운 비가 내리네…. 곧 달달구리, 구나 씨가 오겠네."

달달고나구나
달달달고나고나구나

구나 씨는 자리를 잡고 달고나 국자를 달궜다.

설탕 두 숟가락을 넣고 보글보글, 나무젓가락으로 저어 휘이이이, 불에서 멀리 또 가까이, 딱 맛있는 달고나 온도! 소다를 살짝 넣고 재빠르게 휘이이이, 다시 소다 조금 더 휘이이이, 불에서 떨어져서 휘이이이, 보글보글 부글부글 똥색으로 변하면, 설탕이 눈가루처럼 뿌려진 은쟁반에 똥색 반죽이 납작 퍼지고, 척하면 척.

구나 씨는 곰을 뽑았다. 비는 추적추적 내리고, 학교 수업이 끝나려면 멀었고, 웬만해서 어른들은 오지 않으니 여유만만한 시간이다. 오팔 할아버지와 한가로이 수다 떨기 딱 좋은 때다.

"할아버지는 언제부터 이 용궁에서 살았어요?"

구나 씨는 곰 달고나를 수족관에 퐁 넣으며 물었다.

'내 이야기가 궁금해? 내 고민도 들어주는 건가?'

오팔 할아버지가 곰 달고나를 오물거리며 물었다.

"농담하지 마세요. 할아버지가 고민이 있다뇨? 고민 해결은 할아버지 전문이잖아요. 저는 그냥 달고나 만들 뿐이죠."

'서당 개 3년이면 풍월을 읊는다는데, 자네도 여기서 달고나 가게 3년째잖나. 할 수 있고말고. 자기 고민은 스스로 해결하기 어려운 법이지.'

오팔 할아버지는 팔 다섯 개를 가지런히 모으며 말했다. 문어는 팔이 여덟 개인데, 왜 할아버지는 다섯 개뿐일까?

"저는 할아버지 팔이 왜 세 개나 없는지 궁금해요. 혹시 그게 할아버지의 고민 아닐까요?"

'팔이 다섯인 이유? 알고 싶은가?'

오팔 할아버지가 되묻자, 구나 씨는 고개를 크게 끄덕 끄덕. 할아버지는 수족관 구석에 있는 맷돌을 가리키며 말을 이었다.

'저 맷돌은 우리 집안 대대로 내려오는 시를 짓는 맷돌이라네. 우리 먹물을 넣고 돌리면 멋진 시가 나왔지. 바다 왕국 아이들은 그 시를 읽으며 꿈을 키우고, 바른 어른으로 자라났지. 그러니 얼마나 자부심이 컸겠나.'

오팔 할아버지가 나직하게 말했다.

"와, 그런 집안에서 태어나

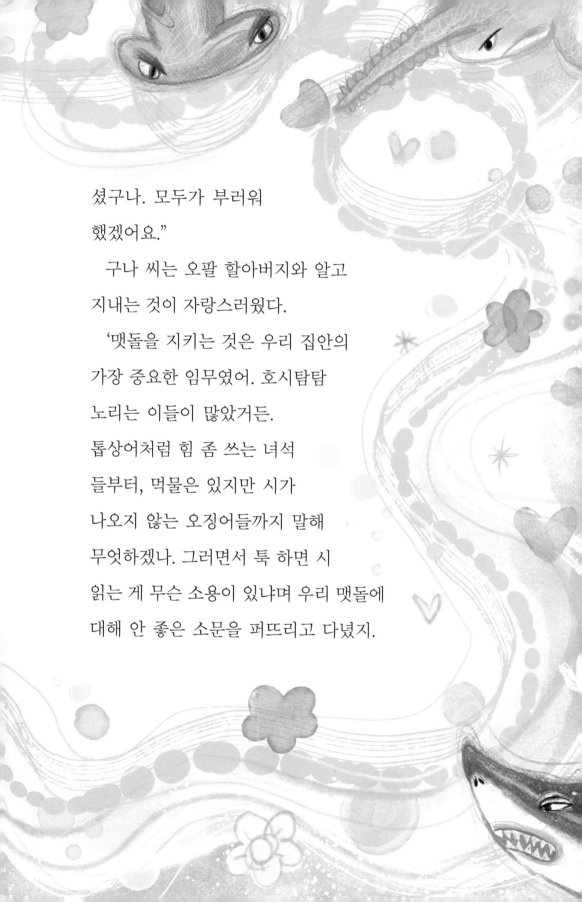

셨구나. 모두가 부러워
했겠어요.”

구나 씨는 오팔 할아버지와 알고
지내는 것이 자랑스러웠다.

‘맷돌을 지키는 것은 우리 집안의
가장 중요한 임무였어. 호시탐탐
노리는 이들이 많았거든.
톱상어처럼 힘 좀 쓰는 녀석
들부터, 먹물은 있지만 시가
나오지 않는 오징어들까지 말해
무엇하겠나. 그러면서 툭 하면 시
읽는 게 무슨 소용이 있냐며 우리 맷돌에
대해 안 좋은 소문을 퍼뜨리고 다녔지.

심지어 시를 읽으면 시시한 아이가 될 거라고 헛소문을
퍼뜨리기도 했어. 그러던 어느 날 일이 터지고 말았지.'

"무슨 일이요? 설마 맷돌이?"

느긋하게 듣고 있던 구나 씨가 놀라 물었다.

'그렇다네. 맷돌이 사라진 거야. 더는 시를 지을 수 없
게 된 거지.'

오팔 할아버지는 덤덤하게 말했다.

"이를 어째! 여기 있는 맷돌은 그 맷돌이 아니에요?"

'간신히 되찾은 거지. 범인이 누구였을 것 같나?'

"얼른 알려 주세요."

구나 씨는 엉덩이를 들썩이며 말했다.

'예상대로, 욕심 많기로 소문난 오징어 대왕이었네.'

"그랬군요! 근데 어떻게 찾으신 거예요?"

구나 씨는 주먹을 꼭 쥐며 물었다.

'오징어 대왕은 맷돌을 항아리에 숨기고 상어 문지기
를 고용했네. 그것도 무시무시한 이빨을 으스대는 녀석
으로 말이야. 누구라도 그 이빨을 보면 겁을 먹지 않을
수 없었지.'

오팔 할아버지가 몸서리를 쳤다.

"혹시 그 상어 문지기랑 싸우기라도 하신 건가요? 상어 때문에 팔을 잃으신 거예요?"

'팔 세 개만 잃은 건 그나마 다행이었지. 목숨까지 잃을 뻔했으니까.'

"그래서요? 그래서 어떻게 됐어요?"

구나 씨는 안타까운 표정으로 물었다.

'상어도 오징어 대왕이 숨긴 맷돌을 탐냈던 거야. 그래서 오징어 대왕을 없애고 맷돌을 차지할 계획을 세웠던 거지. 하지만 오징어 대왕도 그걸 눈치챘어. 누구나 탐낼 만한 맷돌이었으니 말이야. 만에 하나 상어가 배신할 게 걱정돼 몰래 성게 할머니를 고용했지. 그 성게 할머니는 바다에서 제일가는 날카로운 가시로 명성이 자자했어. 오징어 대왕은 성게 할머니라면 상어든 그 누구든 꼼짝 못 할 거라고 믿었거든. 성게 할머니 가시에 찔리고 살아남은 자는 아무도 없었으니까. 아니나 다를까, 상어는 오징어 대왕에게 독약을 먹이고 맷돌을 훔쳐 달아나려고 했어. 성게 할머니가 해초 뒤에 숨어서 몰래 지켜보는 줄

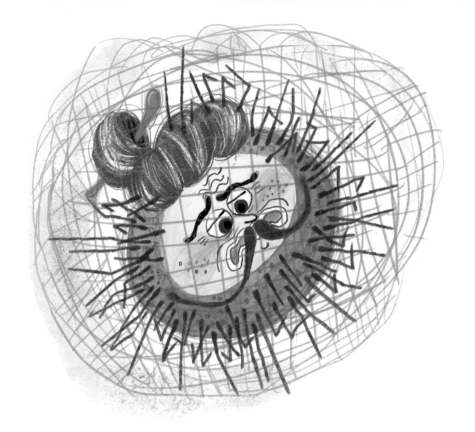

도 모르고 말야. 그때 나는 맷돌이 그곳에 있다는 것을 막 알아낸 참이었지. 상어가 있는 줄은 꿈에도 모르고 급히 항아리 앞으로 갔다네.'

"안 돼요! 위험해요!"

구나 씨는 마치 그곳에 있는 것처럼 소리를 질렀다.

'아이코, 깜짝이야!'

오팔 할아버지가 구나 씨 소리에 놀라 움찔했다.

'그래, 맞아. 그때도 누군가 자네처럼 안 된다고, 어서 피하라고 외치던 소리가 어렴풋이 들렸지.'

"정말요? 누구였는데요?"

'성게 할머니였어.'

"성게 할머니요?"

'그렇다네. 오징어 대왕과 한패인 줄 알았던 그 성게 할머니 말이야. 성게 할머니가 아니었으면 나는 지금 여기 없었을 거야. 맷돌도 영영 잃어버렸을 테고.'

"성게 할머니가 할아버지의 생명의 은인이었네요."

구나 씨는 성게 할머니를 본 적은 없었지만, 오팔 할아버지를 구해줘 고마운 마음이 들었다.

'성게 할머니는 항아리 앞으로 가는 나를 말리러 오다가 그물이 쳐져 있는 것을 못 보고 그만 그물에 걸리고 말았다네. 빠져나오려 할수록 그물은 더 엉켜 꼼짝 못 하게 됐어.

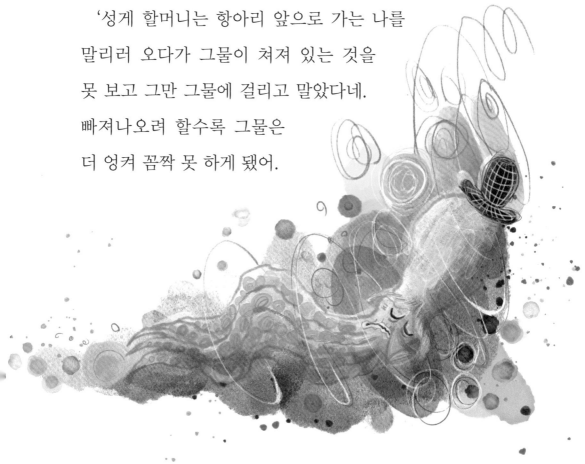

아무리 발버둥을 쳐도 그물을 풀 수가 없었지.'

오팔 할아버지는 하던 말을 멈추고 한숨을 폭 쉬었다. 그러고는 한참 만에 다시 말을 이었다.

'그때 맷돌을 훔쳐 가려던 상어와 딱 맞닥뜨렸지. 상어는 내 팔을 마구 물어뜯었다네. 성게 할머니가 할 수 있는 거라곤 상어의 관심을 돌리는 것뿐이었어. 냅다 소리를 지르며 도망치라고 외쳤지. 내 팔을 물어뜯고 있던 상어가 그 소리를 듣고 성게 할머니에게 다가갔어. 그러더니 이빨로 성게 할머니 가시들부터 꺾으려고 했지. 하지만 성게 할머니 가시가 그렇게 쉽게 꺾일 리가 있나. 성게 할머니는 상어 목에 가장 큰 가시를 찔러 넣었어. 상어는 고통에 몸부림치다가 이내 축 늘어졌지. 하지만 성게 할머니는 그물에 걸린 가시를 빼내기 위해 자신의 가시를 절반이나 부러뜨려야 했네. 나는 이미 팔 세 개를 잃고 정신도 잃은 상태였지. 그물에서 빠져나온 성게 할머니가 다가와 나를 흔들어 깨웠어. 겨우 정신을 차린 나는 부리나케 맷돌을 안고 도망쳤지. 나중에 성게 할머니도 오징어 대왕이 고용한 문지기였다는 걸 안 후엔, 성게

할머니를 용서할 수가 없었어.'

오팔 할아버지는 말을 마치고 고개를 떨구었다.

"휴, 맷돌을 찾아서 다행이에요. 그런데 성게 할머니는 어떻게 되셨어요?"

빗소리가 더 커졌다. 그때 고객이 왔다.

'잠시만요, 이따가 다시 얘기해 주세요.'

구나 씨는 수족관에 대고 속으로 말했다.

찾아온 아이는 다른 아이들과 비슷한 고민을 가지고 있었다. 곧 시험을 보는데 걱정 때문에 밥도 제대로 못 먹을 정도라고 했다. 오팔 할아버지는 아이의 달고나 상자에 '공부하는 대로 쏙쏙 기억하는 곰'이라고 쓰고, 시 처방을 해 줬다. 집에 가서 이제 공부만 열심히 하면 된다는, 아주 간단한 처방이었다.

이윽고 해가 저물었다.

내 마음을 전해 줘

구나 씨는 세찬 비바람에 뒤집히려는 우산을 꽉 잡고, 네모난 달고나 가방을 어깨에 메고 걸어오고 있다. 오팔 할아버지의 귀에는 구나 씨의 발소리가 노래처럼 들렸다.

달달고나구나
달달달고나고나구나

"안녕하세요? 오늘 비는 어제와 다르게 내리네요. 바람을 제대로 타고 노는 거 같아요."

구나 씨는 처마 아래로 쏙 들어와 우산을 접으며 오팔 할아버지에게 인사했다. 장마철이라 자주 보게 된다.

'어서 오시게!'

오팔 할아버지는 팔이란 팔을 쫙 펴서 수족관 유리 벽에 쩍쩍 붙이며 반가워했다.

"이렇게 궂은비에도 손님이 오려나."

구나 씨는 그렇게 말하면서도 가스레인지를 켜고 달고나 국자를 뜨겁게 달군 다음, 곰 모양 달고나를 두 개 만들어 오팔 할아버지와 나눠 먹었다.

'지난번에 내 고민 들어주기로 하지 않았나?'

오팔 할아버지가 곰 달고나를 오물오물 씹으며 물었다. 구나 씨는 멈칫하며 오팔 할아버지를 보다가 말했다.

"아직 달고나 암호를 말하지 않으셨잖아요."

구나 씨가 새침한 표정으로 대답했다.

'허허, 까다롭기는! 큼큼. 여기가 달달달 구리구리구리 달달구리, 달고나 맞나요?'

오팔 할아버지는 천천히 또박또박 말했다.

"달달구리 하지 않으면 달고나가 아니지요."

구나 씨가 능청스럽게 대답하며 달고나 국자를 뜨겁게 달궜다.

설탕 두 숟가락을 넣고 보글보글, 나무젓가락으로 저어 휘이이이, 불에서 멀리 또 가까이, 딱 맛있는 달고나 온도! 소다를 살짝 넣고 재빠르게 휘이이이, 다시 소다 조금 더 휘이이이, 불에서 떨어져서 휘이이이, 보글보글 부글부글 똥색으로 변하면, 설탕이 눈가루처럼 뿌려진 은쟁반에 똥색 반죽을 철퍼덕 붓고, 납작하게 딱!

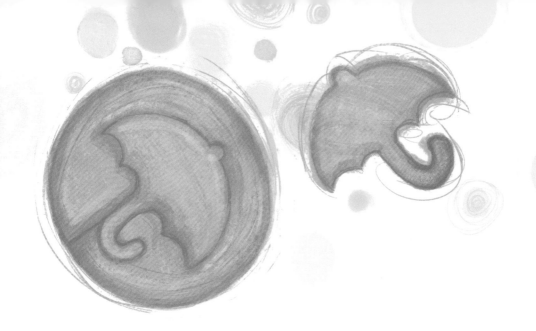

"자, 무엇을 뽑으시겠어요?"

'우산으로 하겠네.'

오팔 할아버지는 이미 답을 정해 둔 듯 말했다. 구나 씨는 오팔 할아버지의 고민이 해결되기를 바라며 조심조심 우산을 뽑았다.

"어때요? 제 실력!"

구나 씨는 우산 모양 달고나를 들었다. 흠집 하나 없이 완벽하고 먹음직스러운 우산 달고나였다.

'난 자네가 참 자랑스럽네.'

오팔 할아버지가 구나 씨를 지그시 바라보며 말했다.

오팔 할아버지의 고민

'어느 날, 성게 할머니가 나를 찾아왔네. 온몸이 상처투성이였어. 가시는 거의 부러져서 들쭉날쭉했고, 힘이라곤 없어 보였지. 무엇보다 상어 목을 찌른 왕가시는 뿌리째 뽑혔는지, 그 자리에 구멍이 크게 뚫려 있더군.'

"쯧쯧, 이를 어째요? 성게 할머니 목숨이 위태롭지 않나요? 가시가 다 망가졌으면…."

구나 씨는 상처투성이 성게 할머니를 떠올리며 걱정스러운 표정을 지었다.

'그렇다네. 가시가 망가져 힘을 쓸 수 없으니 죽은 목숨이나 다름없었지. 성게 할머니는 오징어 대왕이 맷돌을 가져서는 안 된다고 생각했다네. 그래서 주인인 나에게 맷돌을 돌려줄 방법을 고민하고 있었다지. 그런데 상어가 먼저 일을 저지른 거야. 그러던 차에 내가 나타났던 거고.'

오팔 할아버지는 코끝이 시큰해진 듯 훌쩍였다. 구나 씨도 코를 힝, 풀었다.

'나는 그 말을 듣고도 성게 할머니에게 사과를 못 했네. 사과하는 게 뭐 그리 어려운 일이라고 우물쭈물하다가 성게 할머니와 헤어지고 말았어. 성게 할머니가 상어를 물리쳐 준 덕분에 맷돌을 되찾고 이렇게 시를 써 줄 수 있게 되었지. 그런데도 아직 성게 할머니에게 오해해서 미안하다는 말도, 구해 줘서 고맙다는 말도 전하지 못했어. 그게 몹시 후회가 돼. 다른 사람 고민은 해결해 주면서도, 정작 내 고민은 해결하지 못하고 있으니 자네에게 부탁하는 수밖에.'

오팔 할아버지는 간절한 눈빛으로 구나 씨를 보았다.

"잘 아시잖아요? 제 달고나와 할아버지의 먹물만 있다면 뭐든 못 할 게 없다는 걸요! 어서요, 먹물!"

'좋아! 먹물이라면 얼마든지!'

오팔 할아버지는 팔 다섯 개를 모으고 몸을 길게 편 다음, 구나 씨의 신호를 기다렸다.

"발사!"

구나 씨가 외치자, 오팔 할아버지는 먹물 한 방울을 찍, 뿌리고 로켓처럼 슝, 앞으로 나아갔다. 상자에 서서히 글자가 나타났다.

용기를 내게 되는 우산

'이 우산 달고나를 먹으면 정말 성게 할머니에게 미안하고 고맙다는 말을 전할 수 있겠나?'

오팔 할아버지는 다른 이들의 고민을 들어주던 모습과 달리, 마치 아이가 된 것처럼 물었다.

"당연하죠! 그런 걸 묻다니 할아버지답지 않으세요!"

구나 씨는 자신 있게 대답하며 웃어 보였다.

'그날 이후 성게 할머니를 다시 본 적이 없네. 내가 용궁횟집으로 왔으니 말일세. 혹시 성게 할머니가 어디에 있는지 아는가?'

오팔 할아버지가 기대에 찬 눈빛으로 물었다.

"걱정하지 마세요. 할아버지의 시는 성게 할머니가 어디에 계시든 꼭 닿을 테니까요."

구나 씨는 각오가 대단했다. 오팔 할아버지의 고민을 꼭 해결하겠다는 마음을 담아 힘주어 말했다.

"어서 이 달고나를 드세요."

구나 씨는 상자에 넣은 달고나를 꺼내 오팔 할아버지에게 건넸다. 오팔 할아버지가 우산 달고나를 오물거리는 순간, 머릿속에 시가 흘렀다. 오팔 할아버지의 마음이 담긴 시는 성게 할머니에게 닿을 것이 분명했다.

우산이 되는 시

오 분 전으로 돌아갈 수 있다면 얼마나 좋을까요?

할머니가 그물에 걸리지 않았을 텐데

가시를 잃지 않았을 텐데

미안하다고, 고맙다고 바로 전할 수 있었을 텐데.

늦었지만, 이제야

용기를 내어 용서를 구합니다.

할머니 덕분에 맷돌을 되찾고
다시 시를 쓸 수 있게 되었어요.

이 맷돌로 더 많은 이들에게 꿈을 나눠 줄게요.
마음이 지친 아이들에게 우산이 되는 시를 써 줄게요.

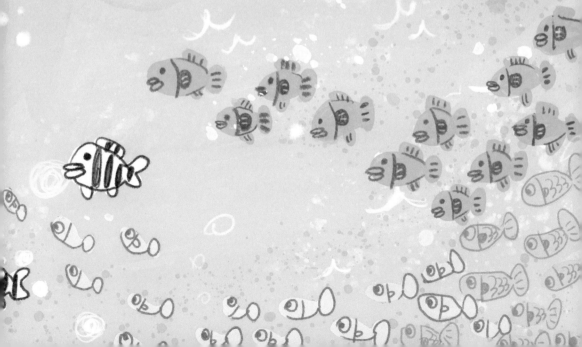

에필로그

비 오는 날이면 오팔 할아버지와 구나 씨는 어김없이 모습을 드러낸다. 꿈을 나눠 주려고, 우산이 되는 시를 써 주려고.

오늘도 비가 내리고, 전화벨이 울린다. 용궁횟집 주인은 용궁입니다, 하고 전화를 받는다.

그 순간, 수족관은 진짜 용궁처럼 변하고 오팔 할아버지는 로켓처럼 슝, 헤엄치며 수족관을 한 바퀴 돈다.

저 멀리서 구나 씨의 발소리가 노래처럼 들려온다.

달달고나구나
달달달고나고나구나

나도 한번 가 볼까?
달달구리 달고나의 암호가 뭐였더라?

○ □ △ ☆

저는 제주도에서 배를 타고 들어가야 하는 우도에서 나고 자랐습니다. 여름이면 바다가 우리 놀이터였어요. 저는 꼬마 해녀가 되어 해산물을 따며 놀았지요.

어른이 된 어느 날, 잠수함을 타고 관광을 갔습니다. 어릴 때 잠수해서 쉽게 들어갔던 바닷속을 육중한 기계가 요란을 떨며 들어가더군요. 그렇게 본 바다는 어찌나 싱거웠는지 모릅니다.

바닷속을 잠수하며 탐험하던 꼬마는 커서 바다를 떠났고, 이야기를 만드는 작가가 되었습니다. 그때 바다가 제게 들려주었던 이야기들을 지금은 어린이 친구들에게 전해 주고 있답니다.

꼬마 해녀였을 때, 가장 신비로웠던 바다 생물은 문어였습니다. 저를 모험의 세계로 이끌었던 주인공 중 하나였지요. 여름방학이면 저는 문어가 살 만한 집을 찾아 바닷속을 헤맸어요.

"저기 숨었겠군." 하고 바위 구멍 가까이 가면 아니나 다를까 거기 딱, 문어가 웅크리고 있었습니다.

문어는 재빠르게 도망가기 선수이기도 합니다. 여덟 팔을 동시에 모았다가 폈다가 로켓처럼 쏜살같이 날아갑니다. 얼마나 빠르고 힘찬지 모릅니다.

　문어를 잡으려다 먹물을 뒤집어쓰기도 했지요. 문어 먹물에는 어떤 능력이 있을까요? 그 먹물로 글을 쓸 거라 상상하는 사람이 많잖아요. 저는 문어가 쓰는 건 시일 거라고 생각했습니다. 바닷속에 사는 문어 시인, 바닷물에 쓰고 바로 지워져도 날마다 시 쓰기를 멈추지 않는 문어 시인!

　'문어는 오늘 어떤 시를 썼을까?' 하고 생각했지요. 그러면서 '문어가 내 고민을 들으면 어떤 시를 써줄까?' 라는 생각도 했습니다. 문어를 찾아가 제 고민과 걱정을 털어놓고, 문어가 쓴 시로 위로받고 싶었지요.

　여러분도 고민과 걱정이 많지요? 조곤조곤 털어놓아 보세요. 다정한 오팔 할아버지에게요. 그러면 구나 씨의 달고나와 함께 시 처방을 해 줄 거예요. 대신 달고나는 잘 뽑아야 해요. 주문도 틀리지 말고요.

　참, 구나 씨는 누구 같아요? 으음, 그 옛날 문어와 얘기하던 그 꼬마 해녀가 아닐까요?

　다음에 또 다른 바다 이야기로 만나요. 안녕!

이야기 탐험을 이어 가는 여러분의 친구, 김미희

달달구리 달고나로 오세요

초판 1쇄 2024년 12월 20일

글 김미희 그림 김미연 | **펴낸이** 황정임
총괄본부장 김영숙 | **편집** 김선의 김로미 | **디자인** 김태윤 이선영
마케팅 이수빈 윤인혜 | **경영지원** 손향숙 | **제작** 이재민

펴낸곳 도서출판 노란돼지 | **주소** 10880 경기도 파주시 교하로875번길 31-14 1층
전화 (031)942-5379 | **팩스** (031)942-5378
홈페이지 yellowpig.co.kr | **인스타그램** @yellowpig_pub
등록번호 제406-2009-000091호 | **등록일자** 2009년 11월 18일

ⓒ 김미희·김미연 2024
ISBN 979-11-5995-442-9 73810